心がめあて

鈴木晴香
SUZUKI HARUKA

左右社

心がめあて

目次

I

ここにいるしか

眠ってたことに気がつくのはいつも目が覚めてから　ひかりのなかで

この先に渋滞がありますと言いこの先に雪が舞いますと言う

奪うほどではない。冬の路上には麻酔の効いているような風

ハイウェイの入口かもしれない道を黙って進むときのアクセル

君よりも君の躰が好きだって言われても私ここにいるしか

白ければ雪、透明なら雨と呼ぶ　わからなければそれは涙だ

冷たいと思わないと思われている鮮魚は氷の上に眠って
歯がいつも濡れていること頬はその内側だけが濡れていること

ライターのどこかに炎は隠されて君は何回でも見つけ出す

思い出は増えるというより重なってどのドアもどの鍵でも開く

かくまう

バスタオルふたりで使う脱衣所でまたキスをしてしまう、ふりだし

月のように冷たい温度設定の空調が去年の夏のまま

質問に答えないよう答えるというやり方は聞いて覚えた

悲しみをかくまうためにちょうどいい躰と思う湯冷めしていて

言葉では足りないと言って抱きしめるそれでも足りないから声になる

今きみが触れているのはこころかもしれないから優しくはしないで

素裸で体重計に乗っている知りたいのはこんなことだろうか

別々の場所へ帰ってゆく道のコンクリートが柔らかい夜

ブランコの鉄の鎖の冷たさを見ている触れているのではなく
逆上がりもう永遠にしないだろう手のひらにまだ鉄の匂いが

ふゆのよる凍りはじめる湖のどこから凍ってゆくのかを見て

薄闇に向かって開いている扉うまれてきた日を覚えていない

完璧なバタフライ

ロッテリアどこにあるって聞かれたら九十九年の夏の新宿

クエスチョンマークは何色《なにいろ》のペンで書けばいいのでしょうか、先生。

ピザ味の人差し指で風を見る　風には向きと強さがあった

ハンバーガーセットを持って駆け上がる階段いくつかは三角形

レインボー落としましたと少年がポストイットを渡してくれる

完璧なバタフライをしていたところライフセーバー直線で来た

「使うことないと思うけどもらってよ」七日残っている定期券

葉というより葉緑素に触れているよう　君の名前を初めて知った

小説を抱いたままで眠り込む白鳥を胸に乗せるかたちで
ブランコの鎖に春の体温が残されていて、繋いでもいい？

目覚めたらうずらのたまごが手の中にあって犯人は隣で笑う

人はなぜ眠るのだろういくらかの雨が降って止むくらいの間

つばの広い麦わら帽子のともだちを夕陽のように眺めたりした

ハンバーガー冷やして食べていた夏のともだちの名前みんな三文字

自転車で見に行く花火　浴衣でも立ち漕ぎできるから丘へ行け

いつからか会わなくなった友達のように打ち上げ花火は終わる

書かれることのなかった手紙

雪と雪、出会わないまま落ちてゆき書かれることのなかった手紙

白い朝ぼくらは森を抜け出した言葉を木の実のように抱えて

まだ君と出会わなかったいくつかの冬に張られていた規制線

カーテンが夜を創ってくれるからわたしがそれを本物にする

星に名を与えるようにくちづける問うためだけに問うてもよいか

生きることすべてが予感じみている栞ははじめから挟まれて

もうしばらく来ない世紀末のことを思うとき巡ってくる警備員

お弁当嬉しいなって歌うまでお弁当食べられないルール

手品師が覚えていろと言うカードいつ忘れればいいのだろうか

思うよりずっと遠くにあるのかもしれない雨の流れ着く先

この人はＬＩＮＥこの人とはメール　電話だと声がちょっと違うね

音の中から言葉だけを拾うこと夜の浜辺に誰もいなくて

文字のない世界に降っていた雪よこれからつく嘘にフォントあれ

時すでに遅めの昼ごはんの人、話が合わないけど好きな人

引っ越してみたらそこには犬がいて昔の名前を教えてくれない

借りている躰と躰寄せ合ってここはまるで現実のこころみ

わたくしの原材料の水、その他。その他の部分が雨を嫌がる

助手席に座る人にも役割がほしくてすべての窓を開いた

テルミンと手との関係　恋人でなくなったあと友達でもない
誰ひとり未来の記憶を持たないでラストオーダー訪れている

数字から数字へひかりが移るときどこにもいなくなる一瞬が
見たことがないものだって抵当に入れられる、永遠の恋など

ハンバーガー噛みちぎるときハンバーガー見てしまうのはキスに似ていて
秒針が三百六十度を撫でていつか描かれることになる絵

メロンパンの概念の初期化

一度や二度は見たことがあるこの月を見てはいけないような満月

君は手の銀貨を天然水に変えその水はすぐ人間になる

ナッシング・インサイドのメロンパンを半分わけてくれるときの指

湖に指を入れたら少しだけ痛いと思う　湖の方が

満ちながらメロンはひどく膨らんでもうここまでというところまで

横向きに眠ればそちらへ落ちてゆく内臓のすべてが濡れている

湖の底まで届くロープさえあれば深さを測れるという

満月の下のメロンの畑から盗み出したらひかるはずだわ

いつだって私を初めて見るような眼だ　球体の水を湛えて
湖のような人だと思う時どの湖を指差している

メロンパンとメロンのどこも似ていないところを愛するような仕方で

縛られれば千円引きになるなんてＳＭクラブの料金表は

メロンなら初めから縛られていると網の形を指でなぞった

クリームが入っている場合もあってメロンパンの概念の初期化を

深淵のロープに引っかかっている満月を両手で引き上げよ

丸ノ内線ですか

ここもまた誰かの体内かもしれず沈黙する東京そして海

大きさを恐れるほどの星があり花屋は花を夜に仕舞った

掘りごたつに足をぶら下げ合っている打ち上げ　遠い人ほど笑う

春巻きの中身が醤油皿に崩れ見られるはずのなかったものたち

君の口からするすると落ちてった素麺がまだ地につかなくて
ふたりきりになったとしても丸ノ内線ですかって言うだけだろう

終わる時はじめてそれにひとつ、という名前が与えられると知った

.jpegの君の黒目を確かめる　わからないってことだけわかる

街中の電話ボックスの明るさを淋しさと言い換えても同じ

老人の漕ぐ自転車が歩くよりはるかに遅いのに倒れない

思い出すひとつひとつの風景の無音わずかにカラーではある

目にごみが入っただけの夕暮れに君はどこの交差点を渡る

冬の夜を耳を塞いで乗り越える　理由がないのも理由であって

ちょっと違う

望遠鏡あるのにみんな上を向くあれとあれがペガサス、ちょっと違う。

音だけが確かなような夜の丘ひとつの声をひとりと数え

暗いのに目が合っているのがわかる宇宙の壁を手で描きつつ

こころとはこれだと差し出せぬままに火星に行くときは片道で

エレベーター一人で乗っている時もわたしは私を数え忘れる

星を見ないための天文台となる夜は流れる砂に祈れよ

II

不思議に思わない

飛行機の消灯時間のあとに観る映画はひかりの粒に還って

どちらかといえば朝焼け　唐突に世界へ産み落とされて見たのは

空港の青い硝子に手を触れてここはひかりで出来ている場所

飛行機が羽ばたかないで飛ぶことを不思議に思わないなんて不思議

滑走路を見ているふたりには羽がないから腕を回して抱ける

夏時間終わってしまう真夜中の時計は左に回りはじめる

滲み込むようにできている

ひとめぐり眺めていた季節があってはじめと終わりを結ばずにおく

桜花コンクリートに溶けてゆくひとひらにひとひらのまぼろし

モノクロの路地に絵の具を塗るようにサン＝ルイ島に垂れる夕やけ

パリ一区パレ・ロワイヤルで方角を見失ってしまう白昼夢

湖のような両手に触れながら苦しくない溺れ方があるか

初夏も遅夏もずっと閉じているショコラトリーからはじまる九区

二〇一七年の夏　人はまだ蜂に蜂蜜を作らせている

買い物のカートに体を預けつつ大人になっても怒られること

どれほどの深さだろうと思うとき地下鉄がやや落とすスピード

十四区墓地を歩けばかつてこの世界に吹いた風とはなびら

どちらかが返信しないで終えるしかない毎日の果てに吐く息

クッキーは滲み込むようにできている　キャャッフェ、クレーム、少ない唾液

十九区バールでこじ開けるドアの隙間に挟まれたままのバール

ふらんすのクッキー缶に手を触れて雨の音、その冷たさに逢う

この肺を私の部屋と呼ぶように呼吸を止めている数秒間

生牡蠣が氷の上に咲いている冬のテラスを振り返りつつ

文字だけで会話しているこの夜のキーボードが製氷皿のよう
眠りたくない夜と眠れない夜をひっくり返すその指先で

雪かと思った

目覚ましのベルが鳴る三秒前の世界に突然放り込まれる

真っ暗な（それでも朝の）空に月　指差せば指先が冷たい

街灯と月とが競い合うように街へオレンジ色を捧げた

雨の朝りんごのジャムの瓶は冷えかつて引力を教えた果実

対岸のベランダに咲く花々のどれも薔薇色から逃げられない

セーターを食べている虫たちのこと嫌いになれるはずがないので

画家を見るような目で見られてしまう名前を漢字で書いて見せれば

細長いパンを守ってやるために傘を開いている帰り道

夏になれば夜の十時に夕焼けになるという空、その空の下
オリーブも胡麻も油になるような星でどうして君に会えない

柔らかい眼鏡拭きから透明の硝子とびだす手品のように
パラシュートいくつも降りてくる空を開戦と見間違えてしまう日

手に持ったパンが腕より長いこと抱きしめてはくれないのだパンは

燃え尽きるまでが花火であるためにわたしたち青い夜の引き際

眠れない羊たちは数えるだろう人間の灰色のかなしみ

春の街に雪かと思ったら綿毛舞う川岸を渡らずにゆく

見たこともない色

April in Paris もっとふざけてる人だと思っていた春のころ

呟けば川面に落ちてゆく言葉きみは変わったところで笑う

キーボード打つ音が大きすぎる気がして指を止めれば肺呼吸

太陽のひかりの下で読む本に星空、それもひどく眩しい

告白をされなくてもわかってしまうマカロンの奇妙な柔らかさ

時間にも遠近法は宿りつついつからかこちらだった左京区

顕微鏡覗いたままで話し合う送別会の花束のこと

手のひらに地図をひらけば私のまわりを取り囲む赤いピン

めくるめく閲覧履歴とタブたちの薔薇は外側から腐りだす

鴨川は南へ進みLa Seineは左に流れて出会わないまま

百万遍祈ればひかり集まって交差点に見たこともない色

川床に雨が届いて恋は（まだ）（もう）（永遠に）形を持たず

革命前夜　空腹を満たすものだけを美しいと言ってしまえばいい

バゲットの端を突いている鳩のねじれる首を見てはいけない

言いくるめられているだけ訪れる夜の定義は暗さではなく
君をまだ愛し足りない手に入れただけで本棚は美しい

恋人ももう恋人でない人も並んで川はいつでも比喩で

お互いにまっすぐ帰ることにする星のひかりに払う送料

夜の比重　橙色の街灯に照らされたまま歩き続ける

過去になるすべては過去になるさっきまで向こう岸だった二十区

明日には明日のニュース

空港にひとりもいない　空港にすし詰めの人　そのいずれかの

起きているときにもきっと夢をみている　だから鍵を忘れたりする

パリの夜、そこには誰もいなくても映画は幕を濡らしていたか

左手にぬいぐるみを持っているから迷子じゃなくて戦争でした

一分が六十秒であることを許している許してはいないが

雨の夜にブラックホールひらかれて世界はその内側かもしれず

川沿いを歩いたこともなんでもないことだった　ずっと昔みたいだ

十三歩あればあなたに触れられる路上に宇宙からのひかりさす

手のひらに消毒液は消えてゆきわたしの目に見えるのはそこまで

大きさでいえば手のひら二つほどだろうひとりぶんの心は

星は死を予言されつつ星型のクッキーこぼれてまた星になる

日曜に来ていたマルシェが消えていてあったはずの路地裏はどこかへ

ひとの家の犬を撫でるといいことがあるのだろうか、あなたは撫でる

シーフードドリアが冷えるまで混ぜる母は東京湾を見ていた

食べたことのあるものを食べ会ったことのある人と会い、詩は生き残る

どの瓶の中身も過去であることのあるいはわたくしを満たす水

川もまた国境となる春の夜　また会おうまた会えるまた会う

これはまだ最後ではない読点の、メールアドレスに生死あり

夢をみているときもきっと起きている　だから君を探したりする

明日には明日のニュースを見ることになるのだろうまだ誰も知らない

III

裸より寒い

それぞれの夜を行くしかないのだと抱き合えばひとつの避雷針

暗くしてほしいと言ってみただけの夜は時間を明け渡しつつ

息を吐く者たちだけが熱を持ちコンクリートは濡れすぎている

どの川の源流も見たことがない　いつの間に海に来ていたんだろう

落花生崩れるように君のいた夜が指先から零れだす

いま降れば雪になるのに　息をするたびに体の中は乾いた

見えなくてそれでもそこにあるものを探しに夜の地平線まで

針のない鼠に生まれ変わったら何をしたいだろうはりねずみ

空き缶が海に流れていく　月のあかりに持ち主のいないこと

わたしたちいつか釣り上げられてこの世界が海原だったと気付く

真夜中のスーパーマーケットのように淋しい場所を残しておいて

眠る時ひとは躰を柔らかい布で（できれば羽毛で）覆う

犯人は朝のコップを洗い終え、その時はまだ犯人でなく

セックスをしたかしないかに関わらずおはようございますは暗く言う

裸より寒いのだろう恐竜の化石もいつか堕ちていた恋

貯水池が雨を静かに受け入れるはじめからひとつだったみたいに

手に入れるものはいつかは失くすものだからあなたを手渡さないで
遠い夜の指名手配の張り紙にあなたは似てる、くちづけるとき

雪の粒ひとつひとつの重たさを言えばくちびるから消える雪

靴のまま倒れ込むベッドのうえで手のひらは手のひらを探した

花束と一輪の花　どちらでもいいよ勝手に枯れるんだから

手品師と手品師の結婚式の客席すべて白い鳩たち

恋という名前をつけてしまったらそれは僕たちからすり抜ける

腕時計外せばわずかに白い肌みえて本当のことを言おうか

君に会うたびに裸足になりたいと思う吹雪の夜はなおさら

チョコレイト眠る冷蔵庫の中に贖罪のように白い牛乳

誓わないと誓ってほしい　永遠をまだ誰も見たことがないから

絨毯に零れた鈴がいちどだけ鋭く鳴いた　そこにいたのか

どのページから読み始めてもいいしどこで読み終えてもかまわない

夜ごとのフルーツバスケット

地下鉄の出口がいくつもある街にひとりのための愛というもの

手のひらを改札へかざす一秒にたましいひとかけらを支払った

会いたさは会っても消えてゆかなくて傘を差しても少しは濡れる

ほとんどが後ろをついて歩く道おぼえようとする気がないせいで

自転車は鉄パイプだと思うときその空洞に満ちてゆく海

この街に上がる花火を見たことがないのに夏の話をしたり

信号機　正面から夕陽を浴びてそれでも滅びそうになかった

中はまだ熱いからゆっくり翳る寂しさが熱を持つことだって

おおさかの蟬、死ね死ねと鳴いていて自転車のハンドルが燃えている

パスポート無くても行ける海岸で誓わなくてもいい愛だった

告白をするときは両手を握るどちらかがどちらかをより強く

ドアノブの美しい家に帰ろうよ夜ごとのフルーツバスケット

抱き合ってしまえば顔が見えなくて顔を見ようとすれば遠くて

カーテンのない秋　昼よりも夜が部屋の隅まで満ちやすいこと

眠るのを見るのが好きだここにいてここにはいない躰を置いて

居留守しているときのひどく浅い息どれほど続ければよかったか

会うためにあるいはもう会わないために橋は静かにカーブしている
満月は橋よりこちらに来たことがないから大阪市民ではなく

眠りつつ大阪駅に着く夜のどこへもゆかない眠りがあるか

頂上で乗って頂上で降りるならいいよふたりきりの観覧車

別々の歩道橋から

記憶から滅んでゆくね指よりも多いアルファベットに触れて

会いたいと言えば遠ざかるばかり夏には夏の星よみがえる

ブランコに座って君を待っている天動説が新しい夜

真夜中のプールに漣《さざなみ》はやまず愛の終止形は会う、と習った

泣きながら電話していた別々の歩道橋から夜を眺めて

見つかってしまうためにするかくれんぼいつか死ぬために生まれたわたし

口のなか切ってしまったその後は言葉すべてに血の味がする

保冷剤柔らかくなってゆく帰路に思い出し笑いみたいな夜風

月ゆきのバス停で待っている（バスが来たのだろう眩しすぎて見えない）

またここにふたりで来ようと言うときのことというのは、時間のこと

飛び続ければ

雨の日のロストバゲッジほんとうのところ失われたのはわたし

眠ったら少し重たくなる機首に気づいてしまうパイロットたち

欠航の理由は機体のやりくりがつかないせいパイロット泣いたせい

眠っても眠ってもまだ上空で宇宙飛行士眠り続ける

肉体は晩春の空港にたち機体は秋の終わりの国へ

偏西風貿易風の真ん中で飛び続ければ止まり続ける

雨の夜と月の夜とが別々の夜であること　風が強いな

心がめあて

ライターの液ゆれる夜じゃんけんをしないほうの手ぶらさげている

ろうそくが溶ける　はじめの一滴のそれはあまりに静かな合図

揺らめいているのはなぜと聞けばすぐ、空気のせい。と空気見ながら

くちびるを離せば話すしかなくて夢中にならないように刺す釘

引き合いに出されることの悲しみにかまきりの雄と雌は抱き合う

鏡から君が見えても同時には映っていない　その逆もまた

夏の夜の躰めあての雨の窓こころがめあてと言ってしまえよ

開け放つ窓から雨が入り込みずっとそうしてほしかったんだ

遠くまで行く人から乗るタクシーできみは最後のひとりになった
私から始めればよかったと思うこんなに長い間そばにいて

メモリーが足りないときは買いにゆく自転車では近すぎる所へ

雷をひかりと音に分ける時どちらが躰なのだろうかと

どこへ行くときも帰り道のようで鍵さがすときには鍵と言う

チェンジという交換可能性を思え　廊下のつきあたりには芸術

物語にしたくないから初めから釦はすべて外しておいた

まわるほうの電子レンジを時々は見たくなるライトも浴びていて

冷えてゆくフィッシュ&チップスくちびるが体温を持っているからいけない

繋がれることのない星々だった人間が生れるまでの永遠

君が寝るところを偶然見てしまうもっとわたしに油断していて
手放すか手放さないかの二択では手をひらくたび終わってしまう

水槽にいのち溢《あふ》れている夜の地球人みんななまぐさいって

星の数、砂の数、東京ドーム　手のひらでは計算が合わない

ほんとうに驚いたときは出ない声その声で水槽を壊して

偽善者になるには一日は短い

不審火のような月の夜鹿を見て鹿肉の話をしてしまう

散弾銃放ったあとの星空のわたしばっかり話してたんだ

バーベキュー禁止！の土手で大人なら心を動かさないでしようか

大きい目。それだけ思いながら見る夜の池　閉じたりしない目を

この街が消えるほど静かな部屋で返事がうまく聞こえなかった

モザイクがかかっていないんだと知った世界できみと繋いでしまう

この中に犯人がいる　ふたりしかいない部屋でも名前を呼んだ

おいで、ここはまだ間氷期　わたしより手相の薄い人はいないね

綿菓子を舌で殺してきたことを履歴書に書かないで済ませた

きみの本借りれば君の匂いしてどうしよう人は冬へ逃れる

牛乳を舌だけで飲む。偽善者にならなくては呟けない夜々だ
鹿もまた偽善者となる鳴き声の動画なんども再生されて

消音のYouTubeずっと流れてるみたいな過去になってしまうの

失うのとは違う

いちごのないショートケーキが何台も流れてここはGoogleのそと
街灯はひかりを落としまた落とす失うのとは違う仕方で

月面に薄く埃は積もりつつ眼鏡を外したまま食べる朝

パンが吸う唾液のうつくしい朝にふられたことをまた思い出す

卵液広がるような悲しみに火をつけなくては固まらなくて
睡蓮と蓮の違いを手のひらで教えてくれたのにわからない

メロンパンの袋に残っている甘いメロンでもパンでもない何か
手のひらについたペンキが落ちなくていつまでも洗い続けるような

君と見たどんな景色も結局はわたしひとりが見ていたものだ
持ち運び可能な躰を持ち運ぶ会いたいというだけの理由で

この夜をまっすぐ行けば防波堤ひとりきりなのに声が出ている

宇宙とはひとつの雨粒だとしたらだとしても君のかたちを見たい

湯上がりは血液を体に巻いて他人の熱と思うしばらく

どの夜の別れが最後だったのかわからずにまだ手を振っている

紫陽花の下から咲いてゆくこころ下から滅んでゆくこころ　藍

二ヶ月後二ヶ月前のものになる悲しみを悲しんでおくこと

だらしないところを治さないでおく君にまた会えるかもしれないし

七色のルービックキューブはらはらと全ての面が揃ってしまう

この手紙燃やしてほしいと思ったりしないもともと燃えているから

あとがき

六つ。これはわたしが持ち歩いている鍵の数だ。それが意味するのは、つまり、わたしにはアクセスを許された特権的な世界が六つあるということだ。

世界に入るには鍵がいる。

それらの世界のうちには、気安く長居できる世界もあれば、どんなに身構えても、すぐに立ち去りたくなる世界もある。各々に固有の因果律や命題があって、それらに促されるまま、ものを見聞きしたり、振る舞ったり、考えたりしている、と思う、きっと。

でも、どうしてだろう。わたしはそうした世界ごとの差異や偏差を呆れるほど覚えていない。そこにあったはずの質や量と、どのように向き合っていたのだろう。そうした自らの主観を客観視したいと思っても、なすすべもない。

いったい、どの鍵を使って、どの扉を開けたのか。ドアノブに手をかけたときにびりっと走った静電気は、世界の側からのせめてもの警告だったのかもしれない。

思い出は増えるというより重なってどのドアもどの鍵でも開く

生体認証。指紋や眼球や顔が暗号になるように、歌を作ることで入れる世界がある。歌を詠み、歌に詠まれた心身は、そこでは鍵の役目を果たしてきた。自らの欠片を差し出すことで、ドアをこじ開けてきたのだ。でも、少し醒めた時には、こんな風にも考えてしまう。はたして、世界は世界の方で、そんなわたしの押し付けがましい断片を望んでいるのだろうか、と。

心許なく、世界に問いかける。わたしのなにがめあてですか？　この歌集におさめた歌は、そんな世界との相聞の苦闘の跡だ。

出版にあたって、いつも励ましてくださった左右社の筒井菜央さん、とびきりの装画を描いてくださった寺本愛さん、美しいデザインで歌集を象ってくださった北野亜弓さんに感謝を伝えたい。また、敬愛する又吉直樹さんに、帯の言葉をいただけたことはこの上ない喜びです。

これまで出会ったみなさん、これから出会うみなさん、どうもありがとう。

はじめから鍵穴も扉もないのかもしれない世界に、私はこれからも鍵を差し込み続けてゆくだろう。

鈴木晴香

プロフィール

鈴木晴香（すずき・はるか）

1982年東京都生まれ。歌人。慶應義塾大学文学部卒業。雑誌「ダ・ヴィンチ」『短歌ください』への投稿をきっかけに作歌を始める。第1歌集『夜にあやまってくれ』（書肆侃侃房）。2019年パリ短歌イベント短歌賞にて在フランス日本国大使館賞受賞。塔短歌会編集委員。京都大学芸術と科学リエゾンライトユニット、『西瓜』所属。

心がめあて

塔21世紀叢書　第380篇

二〇二一年七月三十一日　第一刷発行

著者　鈴木晴香

装画　寺本愛
装幀　北野亜弓（calamar）

発行者　小柳学
発行所　株式会社左右社
東京都渋谷区千駄ヶ谷三丁目五五－一二ヴィラパルテノンB1
TEL　〇三－五七八六－六〇三〇
FAX　〇三－五七八六－六〇三二
http://www.sayusha.com

印刷所　創栄図書印刷株式会社

　ISBN978-4-86528-038-8